LE  BANC DES OFFICIERS,

POËME

HÉROÏ-COMIQUE,

EN SIX CHANTS.

Heureux qui, par les jeux d'une muse badine,
Sait, sans gâter les cœurs amuser les esprits,
Et qui, d'un art divin respectant l'origine,
Imprime un tour utile à ses moindres écrits.

A GAP,

Chez J. ALLIER, Imprimeur.

1825.

LE

BANC DES OFFICIERS.

LE
BANC DES OFFICIERS,

POËME

HÉROÏ-COMIQUE,

EN SIX CHANTS.

Heureux qui, par les jeux d'une muse badine,
Sait, sans gâter les cœurs amuser les esprits,
Et qui, d'un art divin respectant l'origine,
Imprime un tour utile à ses moindres écrits.

A GAP,

Chez J. ALLIER, Imprimeur.

1825.

A

Monsieur le Comte ALEXIS de NOAILLES, Aide-de-Camp du Roi, Ministre d'Etat, Membre de la chambre des Députés.

Toi qui sais des grandeurs parcourir la carrière
Sans fausser la vertu qui te guide toujours,
Alexis, noble ami ! ma muse serait fière
Si ses vers méritaient d'obtenir tes amours.
Mon maire et mon curé, tous deux d'humeur altière,
Leurs faits audacieux, leurs superbes discours ;
De leurs sots partisans le tragique concours ;
Et mon art au besoin arrangeant la matière ;
Tout ce drame, dit-on, vaut un autre Lutrin ;

Mais voulant de mon mieux assurer son destin,
Je te l'ai dédié. Ton nom le fera vivre.
Sur cette liberté, de grâce ! excuse-moi.
On ne te lirait point en tête de mon livre,
Si j'avais su quelqu'un qui fut meilleur que toi.

PRÉFACE.

La dispute du Maire et du Curé de la Motte, petit village du département des Hautes-Alpes, dans la vallée du Champsaur, fait le sujet de ce poëme, et n'est pas une pure fiction. Elle a existé réellement ; et à peine oserait-on dire combien elle fut sérieuse. Les personnes qui n'en ont pas été témoins, seront sans doute portées à gratifier l'imagination de l'auteur de certains faits qui sont pourtant d'une vérité rigoureuse. On pourrait même dire qu'il y en a peu qui ne procèdent plus ou moins directement, de quelque circonstance réelle : un premier Banc brisé pendant la nuit ; un second placé peu de jours après avec une certaine pompe, et toujours en déplaçant le confessionnal ; les plaintes du Curé, les menaces du Maire, leurs invectives réciproques, sont autant de machines que le poëte a été dispensé de créer. Il n'est pas jusqu'à l'intervention du premier magistrat du département, par laquelle je termine mon ouvrage, qui n'ait été effectivement employée pour mettre fin à cette singulière querelle.

On doit donc croire qu'elle fit du bruit dans le pays ; et plus les deux rivaux attachaient d'importance à leur discussion, plus tout le monde riait aux dépens de l'un et de l'autre. Ce fut, pendant plusieurs mois, le sujet des meilleures plaisanteries ; et quiconque avait lu le lutrin de Boileau, ne pouvait s'empêcher de voir que cette nouvelle dispute était toute préparée pour devenir la matière d'un poëme semblable. Cette idée m'était déjà venue souvent dans l'esprit, lorsque, dans le cours d'une conversation égayée par le Banc du Maire et le Confessionnal du Curé, un de mes amis me somma de mettre la main à l'œuvre. J'en contractai l'engagement formel, sans cependant avoir le tort de croire que je pourrais égaler mon modèle. Les personnes qui me connaissent me rendront volontiers toute la justice que je réclame à cet égard ; elles savent que je suis loin de m'abuser ainsi.

Mais tel qu'il fut fait d'abord, mon travail

excita la surprise des personnes qui l'attendaient.
Leur attente fut surpassée ; et, après avoir ri
long-temps du Maire et du Curé de la Motte,
il fallut rire encore en lisant le *Banc des Officiers.*

Depuis, je suis moi même revenu sur mon
ouvrage, et d'après ce qui en a été dit pendant
quelques années, lors même qu'il n'était pas
entièrement connu, jai eu des raisons de présumer
que cette plaisanterie méritait d'être publiée, en y
faisant les changemens et les additions que le
temps et un goût plus sûr m'ont successivement
indiqués.

Je m'étais surtout proposé de m'appliquer à ce
travail de révision, dès le jour qu'un homme de
beaucoup d'esprit et de goût, m'eut dit sérieu-
sement : si j'ai un reproche à faire à votre poëme,
c'est qu'il ressemble trop au Lutrin. Je lui ré-
pondis : permettez moi de regretter qu'il ne lui
ressemble pas davantage.

Cette critique que je pris justement pour un
éloge, fit sur mon esprit une impression profonde ;
et malgré les peines diverses et les occupations
obligées, dont mon étoile m'a toujours fait une
grande part, je trouvai le temps de mettre bientôt

la dernière main à ce premier essai de ma muse Alpicole.

Après tout , que peuvent les occupations et les peines contre l'attrayant appel de la poésie? Le temple des muses est un asyle sacré où le poëte trouve toujours d'agréables délassemens après le travail , et de douces consolations dans le malheur.

C'est pendant les cent jours que je me souviens d'avoir composé le quatrième chant du *Banc des Officiers*, lorsque j'errais sur nos montagnes , souvent sans autre gîte que celui des bergers. *Et que faire en un gîte à moins que l'on ne songe!* Je songeais donc à faire des vers et me riais de ma misère. Enfin, lorqu'en 1819, j'ai composé la Tallardiade , je n'étais guère plus heureux.

J'ai tâché d'ajouter à la piquante singularité de mon sujet, tout l'intérêt qui pouvait se tirer de la variété des détails et de la description des mœurs et des usages locaux. On y trouve un charivari à la manière du Champsaur , un festin villageois avec les principaux mets dont il se compose, enfin une fête patronale avec bal et bataille, selon la coutume du pays.

Par ces descriptions, le *Banc des Officiers* se trouve en quelque sorte un poëme national, non--seulement pour les habitans des Alpes, mais même pour plusieurs autres contrées plus ou moins éloignées de ces montagnes. Car il est vrai de dire qu'il existe à cet égard entre les habitans de diverses provinces, un fond de ressemblance plus étendu qu'on ne le croit communément. Le peuple qui est resté plus près de la nature, n'a pas pu subir dans ses mœurs primitives, autant de modifications que les autres classes de la société. On le trouve presque le même dans les climats quelquefois les plus opposés. Pour s'en convaincre, il ne faut que parcourir les mémoires statistiques rédigés de nos jours, sur diverses parties de la France. On y voit assez généralement un type commun sur sur lequel on semble avoir tracé partout le chapitre des mœurs et des usages. Ensorte que sous ce point de vue, mon poëme présente un intérêt aussi général qu'on peut le désirer ; et c'est le cas de dire avec un poëte Italien :

Son d'ogni clima le follie simili.

En le livrant au public, jai aussi la pensée de

combattre, pour ma part, la fâcheuse influence
que le goût de la politique et des choses sérieuses,
n'a déja que trop prise sur les esprits, au détriment
de la divine poésie et de l'ancienne gaîté du caractère national. Circonstance fatale, digne de
fixer l'attention et dont il serait facile de tirer des
réflexions du plus grand intérêt. C'est le motif
principal des applaudissemens sincères que les
bons Français ont unanimement donnés à l'é-
tablissement de la société des bonnes lettres.
Que n'ai-je un moyen d'offrir à cette intéressante
compagnie mon faible ouvrage, comme un tribut
de ma confiance ; plus heureux, si je pouvais dire
de ma coopération ! Encourager les talens et
conserver le goût ; tel est le but de cette institution
nationale : espérons que ce but sera atteint.
Honneur aux sages qui en ont conçu et réalisé
l'idée ! Le Ciel bénira cette croisade nouvelle,
organisée pour reconquérir la terre sainte.

Je reviens à mon poëme ; et je déclare
m'inscrire d'avance contre ceux qui voudraient
y trouver l'occasion d'en tirer des inductions
contraires au respect dû à la religion, à ses mi-
nistres et aux autorités constituées. J'aime à me

glorifier d'avoir senti, même dès mon bas âge,
l'étendue et la gravité des obligations qui nous
lient sous tous ces rapports ; et je me flatterai toute
ma vie d'avoir aimé, enfant, des devoirs qui m'ont
paru si essentiels et si augustes, quand j'ai été
homme. Voilà ma profession de foi, par laquelle
je me plais à finir cet avant-propos, et que
j'aime mieux avoir faite sans nécessité, que de
courir le risque d'être soupçonné d'opinions qui
ne seraient pas les miennes.

LE BANC DES OFFICIERS.

CHANT PREMIER.

SOMMAIRE DU CHANT PREMIER.

LA Discorde traversant les airs pour contempler les maux de l'Europe , passe au-dessus de la Motte et s'indigne du repos dont ce pays jouit. — Le Maire donnait un diner à ses amis parmi lesquels était le Curé. — Dispute naissante entre ces deux personnages. — Le Curé s'enfuit et se blesse une jambe en sortant. — Grand mouvement dans le presbytère au sujet de cette blessure. — Continuation du diner chez le Maire. — Jactance de ce magistrat. — Son projet pour le lendemain.

LE BANC DES OFFICIERS.

CHANT PREMIER.

Je chante d'un hameau le redoutable Maire,
Qui profana l'Église et, d'un bras téméraire,
Dans un coin relégua le Confessionnal,
Pour placer en son lieu le Banc municipal.
Vainement le Curé, frémissant de surprise,
Tenta de résister à l'horrible entreprise ;
Et, dans son intérêt mettant les cœurs pieux,
Fit briser dans la nuit le Banc audacieux ;
Le magistrat ardent à venger cette injure,
En fit faire un second d'une essence plus dure ;
Et pour le préserver d'un attentat nouveau,
Il l'orna d'une plaque empreinte de son sceau.

Muse, dont le burin confie à la mémoire
Tous les faits des mortels, et leur honte et leur gloire,
Raconte quel génie envoyé des enfers,

Rendit les deux partis également pervers ,

Entraîna dans l'erreur les têtes les plus sages ,

Confondit tous les droits , brouilla tant de ménages ,

Et , répandant au loin la haine et la fureur ,

D'un lieu , jadis heureux, fit un lieu plein d'horreur.

Aux Alpes , près du bourg où naquit Lesdiguière ,

Vers les monts où du Drac commence la rivière ,

La Motte offre aux regards deux fois trente maisons ,

Au toit humble et couvert du chaume des moissons ;

Seulement du Curé le logement antique ,

Le clocher de l'Église , en sa forme gothique ,

Et le comble mousseux d'un reste de château ,

Se distinguent de loin au milieu du hameau.

Promu , depuis dix ans , aux fonctions de Maire ,

Alphonse y commandait en magistrat sévère ;

Dans son petit ressort Dictateur orgueilleux ,

Sur les droits de sa place il veillait des deux yeux.

Malheur à l'habitant faible d'obéissance ,

Qui n'eût pas devant lui courbé sa révérence !

Du reste , il secondait la justice ; et sa main

Couvrait d'un sûr abri la veuve et l'orphelin.

Pasteur du même peuple, un homme apostolique
Réconfortait encore l'autorité publique.

C'était un vieux Curé qui, dans un autre temps,
Quand le peuple nommait aux évêchés vacants,
Soutenu par l'effort d'une ardente cabale,
Obtint, sur vingt rivaux, la mitre épiscopale;
Mais revenu depuis à son premier état,
Il conserve pourtant le titre de Prélat;
Et, par ses grands talens, son noble caractère,
Il marche, sans broncher, à la hauteur du Maire.
L'un, ministre des Cieux; l'autre, organe des lois,
Tout front se prosternait aux accens de leurs voix;
Et de leurs soins unis l'influence sacrée
Dispensait mille biens à toute la contrée.
Le vice au front levé ne s'y rencontrait plus;
C'était de l'âge d'or et l'ordre et les vertus.
Les humains y vivaient dans une paix profonde;
Et quand la mort venait les ravir de ce monde,
Le Curé s'animant d'un intérêt nouveau,
Les bénissait encore au-delà du tombeau.

Cependant la Discorde, en sa féroce joie,
Fière de tous les maux où la terre est en proie,

Pour désoler l'Europe avait pris son élan

Des bords de la Tamise aux bords de l'Éridan ;

Le monstre, dans les airs, planant d'un vol rapide ;

Détourna sur la Motte un regard homicide.

Il vit régner la paix, le bonheur . . . . Quel affront !

Ses horribles serpens s'irritent sur son front.

Dans les airs qu'il infecte, il interrompt sa course.

Du calme qui l'outrage il découvre la source ;

Et, du son menaçant de sa terrible voix,

Les échos de nos monts retentissent trois fois :

» Eh quoi ! s'ecria-t-il, j'ai suscité la guerre

» Entre les Potentats qui gouvernent la terre !

» J'ai versé, dès long-temps, sur ce bas univers,

» Tous les fléaux connus, tous les maux des enfers.

» Des remparts de Lisbonne, aux bords de la Vistule ;

» Du détroit de Carybde, aux colonnes d'Hercule,

» Les peuples tour à tour et vainqueurs et vaincus,

» Invoquent vainement un repos qui n'est plus. (1)

» Un hameau seul pourrait ! . . . j'en jure par moi-même ;

---

(1) La dispute a eu lieu en 1809, temps auquel la guerre exerçait ses fureurs sur presque toutes les parties de l'Europe.

» J'y ferai triompher ma volonté suprême;

» Et, divisés entr'eux, les auteurs de la paix

» Donneront les premiers l'exemple des forfaits. »

Le Maire de la Motte, en ce jour mémorable,

Régalait vingt amis réunis à sa table.

Au lieu qui les rassemble, invisible et sans bruit,

Soudain, au milieu d'eux, le monstre s'introduit,

Et, pour l'empoisonner, il contemple leur fête.

Là, brille du Curé la radieuse tête;

Assis avec honneur dans un large fauteuil,

Souvent vers la cuisine il tourne son coup d'œil;

Déjà même en entrant, gracieux parasite,

Il a flairé les plats, la broche et la marmite.

Chaque mets qu'on apporte excite son désir;

Et sa bouche vermeille en frémit de plaisir.

Alphonse, cependant, pour égayer son monde,

S'empare du flacon et fait boire à la ronde.

Le Curé, chaque fois, d'un regard satisfait,

Voit la coupe remplie et l'avale d'un trait.

Sous le couteau tranchant, sous l'avide fourchette,

On fait craquer les os, on fait gémir l'assiette,
A la fin l'appétit ralentit son essor.
On cesse de manger ; mais chacun boit encor,
O breuvage fatal ! La Déesse perfide
A dirigé sur eux son haleine homicide,
Et soufflé dans le vin un funeste poison
Qui va du Prélat même égarer la raison.

Trop aisément sur nous l'enfer a la victoire !
Alphonse et ses amis ne cessaient pas de boire.
Mais déjà les bons mots n'excitent plus les ris.
L'aigreur, l'entêtement gagnent tous les esprits.
Chacun veut tout savoir ; et l'esprit de chicane
Fait approuver à l'un ce que l'autre condamne.
Ils ne s'entendent plus. On dirait au palais
Les enfans de Thémis embrouillant un procès.
La Discorde triomphe ; et, redoublant l'orage,
Au gré de ses souhaits, achève son ouvrage.

Dans un temps plus heureux, voisin de l'âge d'or,
Avant que nous fussions, peut-être même encor
Avant que le Curé parvînt à la prêtrise,
Le peuple de la Motte, au-dedans de l'Église,

Avait mis en un coin masqué par deux piliers,

Un Banc qu'on appelait : *Le Banc des Officiers.*

C'est là que se plaçaient les Consuls du village. (1)

Le Maire, de nos jours, l'élevant d'un étage,

Dans ce Banc révéré monte par trois gradins,

Quand par fois il assiste aux offices divins.

Mais il s'est plaint souvent que la place est trop sombre,

Qu'il est trop loin du chœur, que la foule l'encombre.

Dans le cours orageux de son banquet fatal,

Soudainement poussé par l'esprit infernal,

Il osa proposer un dessein téméraire.

Le prélat indigné l'en reprit en colère ;

Et, durant le débat, hors des bornes sorti,

Alphonse, sans respect, lui dit qu'il *a menti.*

---

(1) Avant la révolution, l'autorité municipale, dans les communes des Hautes-Alpes, était exercée par deux Officiers élus d'année en année par l'assemblé générale des habitans, et appellés *Consuls.* L'un d'eux faisait la perception de tous les deniers publics et communaux, moyennant une remise si minime qu'on pourrait presque dire à *titre gratuit* ; et tout allait pour le mieux.

A ce mot, le Curé se lève, prend sa canne
Et sort en secouant un pan de sa soutane. (1)
La porte du salon qu'il referme sur lui ,
De ses gonds ébranlés brise le vain appui.
O douleur ! En courant à travers la cuisine ,
D'une jambe irritée il heurte une terrine.
Le vase fracassé roule sur les carreaux ;
Et le coup meurtrier pénètre jusqu'à l'os.
Mais trop profondément occupé de l'injure,
Le Prélat ne sent point la sanglante blessure ;
Il rentre en son logis. Là, dans l'abattement ,
Il laisse de son cœur entrevoir le tourment.

Sa servante Babet , cette pierre angulaire
Qui seule tant de fois soutint le presbytère,
Veut savoir son malheur. Le désolé viellard ,

---

(1) Le Curé de la Motte en secouant sa soutane dans la maison
du Maire, a visiblement voulu imiter cet ambassadeur Romain,
Fabius, qui déclara la guerre aux Carthaginois, en laissant tomber
un pli de sa robe , dans leur Sénat.

A ses vœux empressés ne répond que fort tard.
A peine consent-il à redire l'offense.

A tant d'horreur, Babet garde un morne silence.
Les yeux fixés à terre et croisant ses longs bras,
Pour mieux sentir l'outrage elle ne parlait pas,
Lorsqu'elle vit du sang sur le pied de son maître :
» Que vois-je ? Où suis-je ? O Ciel ! ô Ciel ! le sang
        d'un prêtre !
» C'était trop peu pour lui qu'un propos insolent !
» Votre bas déchiré ! votre soulier sanglant !
» Voilà d'autres effets de sa fureur impie !
» J'en suis fort aise ! enfin cette tête chérie,
» Ce magistrat divin par vous toujours vanté,
» Comme un autre phénix par vous toujours cité,
» Vous aurez dès ce soir appris à le connaître.
» De ce bel engoûment vous reviendrez peut-être.
» Voulais-je vous tromper ? N'avais-je pas raison,
» Quand je vous conseillais d'éviter sa maison ?
» Alphonse !.. Ce nom seul me met sur les épines. »

Babet sort à l'instant, va trouver ses voisines ;
Et là, fondant en pleurs et se frappant le sein,

Elle allarme à bon droit le peuple féminin.

Des femmes du quartier l'obséquieuse élite,

A leur pasteur chéri viennent rendre visite,

Et des plus tendres soins lui portent le tribut.

Qu'il est grand l'intérêt qu'on prend à son salut !

D'abord en arrivant, dans un humble posture,

Chacune de ses pleurs arrose la blessure.

Puis d'un commun avis la troupe tient conseil,

Pour poser sur la plaie un premier appareil ;

Chaque femme à l'envi propose son remède.

Voilà que sur ce point l'on disserte et l'on plaide.

L'une vante la sauge et l'autre le plantain ;

Celle-ci le pavot, celle-là le gramen.

Enfin broyant ensemble et l'eufraise et l'ortie,

On en couvre en tremblant la blessure amortie ;

Et l'auguste prélat est porté dans leurs bras,

Sur son lit rehaussé d'un triple matelas.

Oh! d'un cœur irrité que le sort est à plaindre !

Quel devoir est si saint, qu'il ne puisse l'enfreindre ?

Le Curé, cette fois, sans prière couché,

Ne rêve que vengeance et dort dans le péché.

Alphonse, cependant, avec plus de licence,
Contre le prêtre absent poursuit sa violence.
» Le Curé m'interdit de transposer mon Banc !
» Mais dût-il m'en coûter la moitié de mon sang,
» Dès demain, dans le chœur, confondant sa menace,
» Je veux être installé dans ma nouvelle place.
» Qu'il parte, j'y consens : qu'ai-je à faire de lui ?
» J'abjure ses faveurs et brave son ennui.
» Pitoyable Romain, son habit qu'il secoue,
» Serait mis en lambeaux et traîné dans la boue.
» Ennemi sans pouvoir, d'arrogance bouffi,
» Ce signe m'est connu : j'accepte ton défi.

» Et vous, hôtes chéris, qui désirez ma gloire,
» En dépit du Curé continuons à boire.
» Que l'on ne dise pas que ce vieux nasillard
» A troublé nos plaisirs par son brusque départ.
» Chantons ; et que nos chants dans une longue veille,
» Aillent, jusqu'en son lit, tourmenter son oreille.
» Forçons, pour le punir, son esprit à songer
» Que peut-être on nous sert d'autres mets à manger.
» Ah ! quel tourment nouveau ! Quelle douleur, s'il pense

» Que peut-être sans lui le souper recommence!

» Puis à demain ! Demain , honorables amis ,

» Vous me verrez tenir tout ce que j'ai promis.

» Heureux ! vous en serez les témoins ; car j'espère

» Que vous viendrez demain vous joindre à votre Maire. »

Ainsi parlait Alphonse. Abreuvés de venin ,

Tous répondent : Buvons ; à demain ! à demain !

Tant il régnait alors un esprit de vertige !

Noël seul , son adjoint , en secret s'en afflige.

Soit qu'il n'eût pas goûté la funeste liqueur ,

Soit qu'un ange du Ciel , gardien de son cœur ,

Déconcertât pour lui l'infernale magie ,

Et sauvât sa raison au sein de cette orgie ,

Noël , d'un tel projet , n'augurait aucun bien.

Des pénitens du lieu respectable doyen ,

Le savoir en a fait un grave personnage.

Il est , depuis trente ans , l'arpenteur du village.

Dans l'art de calculer de la plume et des doigts ,

Il pousse le talent jusqu'aux règles de Trois.

De tous les champs voisins il connaît les limites ;

Et les anciennes lois sont dans sa tête écrites.

Jeune encore, en un livre où les vers élégans
Accordaient avec grâce et la rime et le sens,
Il avait lu jadis une étonnante histoire
Que l'horreur a gravée au fond de sa mémoire :
Un lutrin dans Paris de la sorte érigé,
Plongea dans le désordre un paisible clergé.
Ce souvenir l'occupe; et sa tête prudente
L'applique avec raison à l'affaire présente.
Mais il se tait; d'Alphonse il connaît trop l'humeur.
Dans ce moment-surtout de tumulte et d'erreur,
Où chacun s'empressait de flatter son délire,
Quel homme au front d'airain l'eût osé contredire ?
Tel quand, chez les Français, le parti jacobin
Dictait d'iniques lois au peuple souverain,
Plus d'un sage indigné, mais réduit au silence,
Dans le fond de son cœur, blâmait tant de démence;
Tel Noël fut muet en ce jour orageux.

Cependant Aléxis, le plus jeune d'entre eux,
Greffier municipal, musicien, poëte,
Se dispose à chanter pour égayer la fête;
Et, dans les vers chéris d'une antique chanson,
Lui-même intercalant des vers de sa façon,

Infatué d'un chant que personne n'écoute ,
D'insipides refrains il fait gémir la voute.
plus heureux , Marcellin , en brave vétéran ,
Raconte les combats d'Arcole et de Wagram ;
Dans ces lieux renommés , son bras , s'il faut l'en croire ,
Décida presque seul du gain de la victoire.
Il décline les noms des héros et des rois ;
Orateur éloquent , du geste et de la voix ,
Il veut des bataillons figurer les manœuvres ;
Ses yeux étincelans sont comme deux couleuvres ;
L'écume de sa bouche imbibe ses voisins.
Il frappe avec le pied , il se débat des mains ;
Et deux plats qu'il renverse au fort de la bataille ,
Vont terminer leur sort au pied d'une muraille.
Le bruit de la faïence amortit son élan.

Déjà l'astre des nuits penché vers l'océan ,
Précipitait son char sous la voûte étoilée.
Les heures au sommeil appellent l'assemblée.
Tous partent ; et le Maire , en leur serrant la main ,
Leur redit le projet remis au lendemain.

FIN DU CHANT PREMIER.

LE BANC DES OFFICIERS.

CHANT SECOND.

SOMMAIRE DU CHANT SECOND.

Le Maire se prépare dès son lever à se rendre dans l'Église, pour mettre son Banc dans la place occupée par le Confessionnal.—Terreur et conseil de l'adjoint. — Placement du Banc. — Le Curé en est averti ; il arrive à l'Église. — Son désespoir et sa prière.—Revenu au presbytère, il est vivement gourmandé par sa servante. — Caractère de celle-ci. — Lettre du Maire au Curé qui entre dans une nouvelle fureur.

LE BANC DES OFFICIERS.

***

CHANT SECOND.

L'AURORE, aux doigts de rose, au front pur et brillant,
Ouvrait au Dieu du jour les portes d'orient.
Alphonse trop fidèle aux projets de la veille,
Sur sa couche ébranlée, en sursaut se réveille;
Il se fait apporter le somptueux surtout
Qu'il revêt, tous les ans, au matin du quinze août,
Habit au colet haut, qui dérobe à la vue
La moitié de sa tête élégamment tondue.
Il s'habille à la hâte, et, d'un doigt diligent,
Boutonne son gilet, met ses boucles d'argent;
Il nouait sur son flanc l'écharpe tricolore;
Ce signe révéré dont sa fierté s'honore,
Lorsque son digne adjoint, justement soucieux,

De bonne heure levé , se présente à ses yeux.

Noël a de la nuit consumé tout le reste

A songer aux discords du banquet trop funeste ;

Et , las de calculer où peut aller le mal

Si le Maire touchait au Confessionnal ,

Il veut l'en détourner par le récit d'un songe

Dont lui-même avec art a tissu le mensonge.

» Alponse , lui dit-il , j'accours dès mon réveil ;

» Vous daignâtes par fois écouter mon conseil ;

» Écoutez maintenant le trouble qui m'agite ,

» D'un songe que j'ai fait inévitable suite :

» Avec nos pénitens , au-devant du lutrin ,

» Saintement réunis dès l'aube du matin ,

» Nous chantions , éclairés par le feu d'un long cierge

» Alors , j'ai vu trembler l'image de la Vierge ;

» Le flambeau devant nous en colonne croissant ,

» A vomi vers la voute un dragon menaçant.

» Le temple s'est rempli de feux et de fumée ;

» L'aûtel a disparu , la nef s'est enflammée.

» Éperdus nous fuyons ; mais déjà , dans les airs ,

» La flamme se mouvait en tourbillons divers ;

» Puis soudain abaissés par un bruyant orage,

» Les feux en un instant ont couvert le village ;

» Et la Motte n'a plus offert dès ce moment ,

» A mes yeux effrayés , qu'un vaste embrasement.

» Alphonse, croyez-moi, ce songe nous menace ;

» Laissons dans le lieu saint toute chose en sa place.

» Ce vain projet d'hier , revoquez-le aujourd'hui ,

» Ou craignez de tomber dans un gouffre d'ennui. »

Le Maire lui répond : » âme pusillanime,

» Que n'avez vous un peu du beau feu qui m'anime !

» J'ai parlé : tout est dit, nous placerons le Banc ;

» C'est le vœu de la loi ; c'est le droit de mon rang.

» Et qu'importe, après tout, que le Curé s'en plaigne !

» Notre siècle d'un cran a vu baisser son règne ;

» Et dussions-nous briser le Confessionnal ,

» Couché dans votre lit , dormiriez-vous plus mal ?

» Que m'importent aussi vos songes , vos chimères ?

» Et qu'osez-vous conter au plus ferme des Maires ?

» Ce dragon menaçant, vos feux, vos tourbillons,

» Ne sont devant mes yeux que folles visions.

» Allez, rassurez-vous ; car, d'une main hardie,

» En tout temps je saurais réprimer l'incendie. »

Là, des deux magistrats se borna l'entretien.

C'est envain que l'Adjoint conspire pour le bien ;

Il n'est pas écouté : la Discorde farouche

Livre au vent les conseils émanés de sa bouche.

Il s'éloigne et rencontre au pied de l'escalier,

Le garde communal et Bois le menuisier.

Ce couple famélique, en entrant chez le Maire,

Consent à déjeuner avant l'heure ordinaire.

Le menuisier, surtout, qui lésine chez lui,

Mange bien franchement à la table d'autrui.

Ils se lestent tout deux l'estomac d'une soupe.

Trois fois le noir flacon est vidé dans leur coupe.

Et leur grand appétit prolongeant le repas,

Des restes du souper débarrasse les plats.

Satisfait de les voir, Alphonse temporise.

Leur déjeuner fini , l'on marche vers l'Église ;

Le Maire a réuni son fidèle conseil ,

Et lui-même, à son rang, rehaussant l'appareil,

Fixe tous les regards par sa superbe allure ,

Son costume brillant et sa haute stature.

Tel parut autrefois le fier Agamemnon

Entouré de héros , dans les champs d'Ilion.

Son front majestueux , son port , son diadême ,

Distinguaient de vingt Rois le Monarque suprême.

Le Maire et son escorte entrent dans le saint lieu ;

A peine rendent-ils un faible hommage à Dieu ;

Tous sont impatiens de consommer leur crime.

Même espoir les conduit ; même esprit les anime.

Le Confessionnal , ce tribunal sacré

Où le péché s'accuse , où siège le Curé,

Ne les étonne point. Libres de toute crainte ,

Leurs bras se sont levés sur l'arche trois fois sainte.

Comme un meuble vieilli , sans honneur et sans soin,

Les modernes Oza la jettent dans un coin. (1)

Et bientôt en sa place , un Banc altier étale ,

De ses ais reblanchis la charpente fatale.

Remi , le maguillier , par le bruit appelé ,

Arrive sur le seuil du temple désolé ;

Il voit ce qu'ils ont fait : et , serviteur fidèle ,

Il court chez le Prélat en porter la nouvelle.

Au fond du presbytére , en un salon où l'air

N'a jamais ressenti l'atteinte de l'hiver ,

Rangée en demi cercle , une troupe de femmes

Entourait , dans son lit , le pasteur de leurs ames,

Le Curé , doux béat , dans ses draps bien inclus ,

A l'outrage du soir ne songeait presque plus ;

Et les baumes heureux versés sur la blessure ,

L'ont fait dégénérer en simple égratignure.

Toutefois plus douillet , il en ferait l'aveu :

---

(1) L'allusion n'est pas juste de tout point ; car les gens de
la Motte agissent avec réflexion, tandis que , suivant l'écriture ,
Oza ne toucha l'arche que d'une manière presqu'involontaire.
Paralip. Chap. XIII.

Il sent encor son pied engourdi ; mais c'est peu.

Il voudrait se lever ; Babet l'en dissuade,

Et d'un ton véhément gourmande son malade.

Chaque femme, à son tour, condamnant ce dessein,

L'invitait à dormir jusques au lendemain ;

Pour charmer son sommeil, l'une d'elles arrosé

Et l'alcove et le lit d'eau de menthe et de rose ;

Et lui, sur son chevet, retombait endormi,

Lorsque, dans le salon, on vit entrer Rémi :

» Curé ! levez-vous donc. L'Église est profanée ;

» Tandis que vous dormez, une troupe effrénée

» Renverse et brise tout dans la maison de Dieu ;

» On ne respecte rien ; et le Maire, au milieu,

» Orné des attributs de sa magistrature,

» Préside à ce forfait. Là, pour comble d'injure,

» Il a trois fois, je l'ai clairement entendu,

» Prononcé votre nom, sur un ton défendu ;

» Il joignait à ce nom ; grand Dieu ! Quelle épithète ?

» Ah ! les cheveux encor m'en dressent sur la tête. »

Rémi, je suis à toi, lui répond le Curé.

A ces mots, l'œil en feu, le champion sacré

3

S'élance de son lit pour voler à l'Église,

Il fait, dans le salon, plusieurs tours en chemise,

S'habille, ouvre la porte et gagnant l'escalier ;

S'aperçoit au grand jour qu'il lui manque un soulier ;

Il revient sur ses pas compléter sa chaussure,

Et d'un tel contre-temps sa grande âme murmure.

Qu'ils soient bénis les Dieux, auteurs de ce retard !

Sans doute il ne fut pas un effet du hasard.

Pendant ce temps perdu que le Prélat regrette,

Alphonse et ses amis opérent leur retraite.

Ainsi le Ciel prévint le plus rude combat

Que dussent se livrer l'écharpe et le rabat.

Du milieu du parvis, le vieux Curé contemple

L'effroyable désordre opéré dans le temple.

Et son œil qui cherchait le Confessionnal,

Ne voit et ne peut voir que le siége fatal.

Il lève les deux mains, les croise sur sa tête ;

Le cœur gros de fureur, il va, revient, s'arrête,

Puis il erre au hasard ; et ses lugubres cris

Font du temple ébranlé retentir les lambris.

Telle est une lionne, au fond de son repaire,

Qui trouve en arrivant sa couche solitaire.

Où sont ses lionceaux qu'elle ne verra plus ?
Quand elle errait au loin, les chasseurs sont venus
Les ravir... Ô douleur ! Cent fois l'antre sonore
Redit, épouvanté, le mal qui la dévore.
Tels étaient les transports du malheureux Curé.

Enfin , du haut du Ciel , saintement inspiré ,
Et, d'un torrent de pleurs arrosant la poussière ,
Il profère à genoux cette ardente prière :
» Être saint et puissant qui, du trône des airs,
» Voyez tout , réglez tout dans ce bas univers,
» Qui laissez aux mortels la liberté des crimes ,
» Mon cœur doit se soumettre à vos décrets sublimes.
» Mais le saint tribunal ; mais ce Banc odieux,
» Tout ce dérangement étalé sous vos yeux !
» L'outrage qui m'est fait ! Est-ce là le salaire
» Promis à mes cheveux blanchis au sanctuaire ?

Il dit ; et, sans tarder, du profond de l'autel,
Une voix répondit à l'auguste mortel.
Les cieux interpellés permirent un miracle ;
Et lui seul entendit les sons de cet oracle :
» Du Confessionnal qui peut changer le rang ?

» Le ciel, d'un œil jaloux, a vu placer le Banc;

» Calme donc, ô Prélat, la douleur qui te tue.

» Le Banc ne serait plus si l'heure était venue ! »

Rassemblés près du chœur, les amis du Prélat

Condamnaient à l'envi le funeste attentat.

Chacun se disposait à saper, sans remise,

L'œuvre d'iniquité. Lorsqu'enfin, ô surprise !

Le Curé se relève et, se tournant vers eux,

Leur montre un œil serein ; et d'un ton plus heureux :

» Allez en paix, dit-il, allez troupe fidèle,

« Et, pour un autre temps, reservez votre zèle.

» Tel est du Tout-Puissant le vouloir souverain.

» Attendons le moment marqué par le destin.

» Peut-être pour venger le droit de son Église,

» Dieu n'acceptera pas notre faible entremise.

» Naguères comme vous, j'ai couru désolé;

» Calmez-vous comme moi; nos autels ont parlé. »

A ces mots, il bénit et le peuple et le temple;

Et tout le monde admire un si pieux exemple.

Plus tranquille, il revient ; mais en entrant chez lui,

Le destin le ramène à son premier ennui.

De même qu'à l'autel le Curé parle en maître,

Babet, dans le logis, donne des lois au prêtre ;

Là domine son nom, là se trouve son bien.

A l'entendre, elle a tout ; et son maître n'a rien.

Bien plus elle connaît des affaires du culte ;

Sur les cas épineux le Curé la consulte ;

Et qui veut sûrement arriver jusqu'à lui,

Doit toujours de Babet se ménager l'appui.

Elle savait déjà que, modérant sa bile,

Le Prélat avait fait une course inutile :

» Voilà donc tout le fruit de ce brûlant dépit !

» Pourquoi donc si fougueux déserter votre lit ?

» Vous fallait-il ainsi tourmenter en chemise,

» Pour trahir à l'instant la cause de l'Église ?

» Que ne vous ai-je alors arrêté sur le seuil ?

» O funeste sortie ! Un rival plein d'orgueil,

» Publîra que le Banc immobile en sa place,

» En frappant vos regards, a glacé votre audace.

» Que dira-t-on de nous ? Le Ciel en est témoin ;

» Du Confessionnal relégué dans un coin,

» Un vain Banc tient la place ; et le Curé l'endure !

» Curé, vous fallait-il une plus grave injure ?

» Faut-il, pour vous toucher, que l'impie à l'autel

» Endosse la chasuble et lise le missel ?

» Le pouvoir des Curés n'est donc plus qu'un vain conte ?

» Je sens mon front rougir ; et c'est de votre honte. »

A ces mots elle part, et, dans des cœurs amis,

Court allumer le feu qui trouble ses esprits.

Cependant le Curé, seul dans le presbytère,

Par un pieux devoir, ouvre son bréviaire ;

Se souvenant enfin qu'il est encore chargé

De l'office du soir déjà trop négligé.

Mais hélas ! dans l'excès du mal dont il soupire,

Il n'a plus le pouvoir de prier ni de lire ;

Et, surtout en ce jour, il ne comprenait rien

En un latin obscur qu'il n'apprit jamais bien.

Le Confessionnal et le Banc et le Maire,

Grands objets dont en vain il voudrait se distraire,

Lui remplissent la tête ; et son œil incertain

Se promène, sans fruit, sur le livre divin.

Ce trouble est un tourment pour une âme pieuse.

Il allait mettre fin à sa prière oiseuse,

Et, sur son lit, peut-être invoquer le repos,

Lorsqu'il reçut du Maire une lettre en ces mots :

» Vu le code des lois, vu les sénat-consultes

» Rendus jusqu'à ce jour en matiére de cultes ;

» Sans qu'aucun vain motif à ce nous ait induit,

» Nous Maire de la Motte arrêtons ce qui suit :

» Sont faites au Curé défenses très-expresses

» De bénir d'un hymen les derniéres promesses,

» S'il n'a su, par écrit, que déjà devant nous,

» Les amans prosternés sont devenus époux. (1)

» Il n'inhumera pas, sans se rendre rebelle,

» Du moindre citoyen la dépouille mortelle,

» S'il ne tient un billet signé de notre main,

» Portant que le défunt a subi son destin.

» Voulons pareillement, dans les cas de tempête,

» Que la cloche demeure immobile et muette;

» Seulement le Curé pourra, s'il le croit bon,

» Dans l'Église, pour lors, se mettre en oraison. »

Le Prélat d'une main qui n'aurait dû qu'absoudre,

Interpelle le Ciel et provoque la foudre.

----

(1) C'est la disposition textuelle de l'art. 54 de la loi du 28 germinal an X, sur l'organisation des cultes. Les autres parties de l'arrêté du Maire sont également conformes à la législation moderne.

Mais sa voix égarée, au fort de la douleur,

Ne trouve point les mots que cherche sa fureur.

Les yeux fixés en l'air et la main étendue,

Il demeure immobile ainsi qu'une statue.

Et, lorsqu'enfin Babet rentra dans la maison,

Il n'avait qu'à demi recouvré la raison.

» Babet, lui cria-t-il d'une voix lamentable,

» Oui, ta prédiction sera trop véritable.

» Vois, prends, lis cet écrit qu'il vient de m'adresser;

» Oui, l'impie aujourd'hui n'a fait que commencer!

» Énivré de lui-même et fort de ma faiblesse,

» Demain l'audacieux voudra dire la messe.

» Mais, j'en jure trois fois par les sacrés autels:

» J'arrêterai le cours de ses vœux criminels. »

Il parle; et son serment, ce ton plein d'assurance,

Dans le cœur de Babet ranime l'espérance.

Elle remarque enfin qu'il est midi sonné;

D'une main diligente elle fait le diné;

Et le Prélat lui-même en se mettant à table,

Sur sa bouche déploie un sourire agréable.

FIN DU CHANT SECOND.

LE BANC DES OFFICIERS.

CHANT TROISIÈME.

SOMMAIRE DU CHANT TROISIÈME.

TRIOMPHE du Maire qui a placé son Banc. — Coalition de femmes qui l'enlèvent et le brisent pendant la nuit. — La servante du Curé réunit ces femmes pour souper au presbytère. — Un jaloux vient troubler cette fête. — Sa femme brûlée par une soupe versée sur elle. — Frayeur du Curé dans son lit. — Sa démarche généreuse auprès des deux époux. — Leur réconciliation. — On recite le chapelet dans l'église en action de grâces.

LE BANC DES OFFICIERS.

CHANT TROISIÈME.

Les ombres de la nuit conduites par les heures ,
Du séjour des mortels remplissaient les demeures ;
Les vents n'agitaient plus ni les flots ni les airs.
De la mer et des lacs les habitans divers ,
Le peuple des oiseaux , les béliers , leurs compagnes,
Les hôtes redoutés des bois et des montagnes ,
Tous les êtres , livrés aux langueurs du repos ,
Oubliaient leurs amours , leurs plaisirs et leurs maux.
Dans leurs gîtes rentrés , les partisans du Maire,
Goûtaient d'un doux sommeil le calme salutaire.
Lui seul veillait encor. Ce fier triomphateur
Aux genoux d'une femme abaissait sa hauteur ,
Et transporté d'amour, d'orgueil et d'alégresse ,
A celle qu'il chérit , il vantait sa prouesse.

Tels étaient autrefois nos célèbres guerriers,

Ces tendres paladins, la fleur des chevaliers;

Chacun d'eux s'empressait, plein d'une double flamme,

De porter ses lauriers en tribut à sa Dame.

C'est-là qu'il attendait, pour combler son bonheur,

Des mains de la beauté, le prix de la valeur.

Alphonse lui tendant une main caressante,

Disait à sa Julie : " Un jour, ma chère amante,

» Vous pourrez vous asseoir au plus haut de mon Banc,

» Tenant à vos cotés des enfans de mon sang ;

» Là, d'un œil satisfait, partageant votre place,

» Je verrai tout un peuple admirer votre grâce;

» Et, si près de l'autel, vous aurez en tout temps,

» En dépit du Curé, votre part de l'encens. »

Tel était son langage; et sa jeune maîtresse

D'un si noble avenir savourait la promesse.

Elle eût voulu répondre : » A quand remettez-vous

» De recevoir ma main et d'être mon époux ?

» Parmi tant d'heureux mots que mon cœur vient
        d'entendre,

» Hélas ! le plus charmant se fait encore attendre. »

Mais elle n'osa point. Ainsi chez les humains,

Quelque chose toujours manque aux plus beaux destins !

Tu t'applaudis en vain , ô Maire de la Motte !

Durant la même nuit , une troupe dévote,

L'élite du hameau , s'assemble chez Babet

Et prépare un grand coup dans l'ombre et le secret.

Du Confessionnal l'enlèvement impie

A réveillé des cœurs la ferveur assoupie ;

Et les femmes surtout blâmant le Magistrat ,

S'apprêtent à venger la cause du Prélat.

Leur appareil hostile épouvante la vue.

Fany tient une hâche ; Agathe une massue.

D'une main d'ordinaire appliquée au fuseau ,

La plupart maintenant soulèvent un marteau ;

Et telles qu'un guerrier qui prélude aux batailles,

De cette arme en passant menacent les murailles.

On lit sur tous les fronts l'empreinte du dépit.

De moment en moment leur troupe se grossit.

Delphine à ce complot elle-même se prête.

Delphine , au front charmant , épouse un peu coquette ,

Qui naguère à Romain s'unit sans le vouloir ;

Mais depuis décidée à suivre son devoir ,

Un tort pourtant lui reste : Elle aime le langage
De trente adorateurs qu'elle a dans le village.

Ce soir pour être libre elle endort son époux ;
Sort du lit nuptial et marche au rendez-vous.
Rémi veut à son tour signaler sa grande âme.
Il arrive vêtu des jupons de sa femme.
Mais sa taille et son front, des vêtemens nouveaux
Trahissent l'imposture et montrent un héros.
Il est dans l'assemblée accueilli par la joie ;
On bénit hautement le destin qui l'envoie.
Sa présence fait naître un généreux effort.
Babet, prenant en main la cruche au rouge bord,
Lui présente aussitôt la coupe de son maître ;
Et l'heureux marguillier boit d'un trait, comme un prêtre.
Son courage viril en est reconforté.

Babet en ce moment d'une aimable gaîté :
» Camarades ! Voyez mes plats, mes casseroles.
» Là, cuisent des *Creusets* ; ici des *Ravioles*.
» De beurre et de fromage ensemble combinés,
» Tous ces mets à foison vont être assaisonnés.

» Ne vous séparez plus. En sortant de l'Église,

» Vous reviendrez chez moi, la nappe sera mise.

» Il sera dit, qu'enfin j'ai pu faire un repas

» Où, grâce au temps qui court, le Maire n'était pas.

» Ça-donc, partez, allez au gré de votre zèle,

» Affranchir le lieu saint d'une œuvre criminelle ;

» Et que le jour envain redemande à la nuit

» Le reste de ce Banc si promptement détruit. »

Ce discours de Babet et l'espoir de la soupe,

D'une nouvelle ardeur ont enflammé la troupe.

Tous ensemble poussés d'un mouvement soudain,

Ont levé la main droite au-dessus du pétrin ;

Et de l'œuvre du Maire ils jurent la ruine.

On aspire trois fois l'odeur de la cuisine ;

Puis on se met en marche. O prodige nouveau !

Vingt femmes sans parler traversent le hameau.

D'un pas plus relevé, Rémi marche à leur tête.

Tel un coq au grand cœur, à la superbe crête,

S'il voit sur le chemain se traîner un serpent,

Fond d'un air de héros sur l'insecte rempant,

Tandis qu'un peuple ami, l'ornement de sa race,
Arrive sur ses pas et soutient son audace.

Le prudent marguillier, avec précaution,
Par de savans détours guide son bataillon.
Enfin rien ne peut plus retarder l'entreprise ;
La troupe est arrivée aux portes de l'Église ;
Les fougueux champions ne gardent plus de rang;
Chacun veut le premier s'élancer sur le Banc.
Tous les bras aussitôt armés, pour sa ruine,
Frappent à coups pressés la fatale machine ;
Et sa masse aux ais durs, liés par de longs clous,
Gémit, s'ébranle, éclate et céde à tant de coups.
La fureur se ranime à l'aspect de sa chute.
Qui dirait les affronts où son bois est en butte?
On frappe, on le mutile ; et ses faibles éclats
Sont foulés sous les pieds, sont jetés en un tas,
Et, loin du temple enfin affranchi de l'injure,
Portés avec mépris dans une fange impure.
La troupe alors plus calme offre ses vœux à Dieu;
Et le saint tribunal est remis en son lieu.

Cependant que faisait le directeur des âmes ?
Avait-il suscité la démarche des femmes ?
De la ligue nocturne invisible suppôt ,
Tenait-il dans sa main les fils de ce complot ?
Ma muse sur ce point n'assure rien encore.
Le Ciel en est instruit , mais la terre l'ignore.
Et toi , Delphine , objet d'une juste douleur ,
Faut-il qu'à l'univers je conte ton malheur ?

Romain, son jeune époux, dormait seul dans sa couche.
Pendant ce temps un monstre au regard sombre et louche,
Tyran né de l'amour , ennemi de l'hymen ,
Qui suit aveuglément le soupçon incertain ,
Qui s'abreuve de fiel et , conseiller perfide ,
Rompt les nœuds les plus saints et guide l'homicide ;
La jalousie enfin , se glisse dans son cœur ,
Lui fascine les yeux par un charme trompeur ,
Prend une voix humaine et frappe son oreille
Par ces mots dont l'horreur l'agite et le réveille :
» Tu dors , Romain , tu dors ; et , violant sa foi,
» Delphine à ses plaisirs se livre loin de toi.
» En vain la cherches-tu dans ton lit solitaire.

4

» Oh! qu'elle imite mal la vertu de ta mère!

» Le voilà donc perdu ce précieux renom,

» Patrimoine sacré de ta vieille maison!

» Epoux trop malheureux! Bientôt, demain peut-être,

» Aux yeux de tes voisins tu n'oseras paraître!

» Delphine réservait ce prix à tes amours! »

Romain, mis hors de lui par cet affreux discours,
Se lève tout suant; et, dans un trouble extrême,
Pour retrouver sa femme il va courir lui-même.

Cependant de Babet les convives joyeux
Rentraient au presbytère; elle lit dans leurs yeux
Que tout a réussi pour le bien de l'Eglise.
Leur cœur bat de plaisir. Heureuse friandise!
La soupe de *Creusets* d'un parfum butireux,
Charme leur odorat et fixe tous les vœux.
Dans le même moment, on voit entrer Eugène;
Le hasard, ou plutôt la discorde l'amène.

Eugène est petit-fils d'une sœur du Curé;
Et profane neveu d'un ministre sacré,
Les charmes de Delphine ont captivé son âme.

Il l'adore en secret ; et sa brûlante flamme
A, par fois, éveillé les soupçons de Romain.

On se place ; et Rémi qui préside au festin,
Avant que de manger , au milieu de la troupe
S'avance ; et de sa main il bénissait la soupe ,
Quand Romain tout-à-coup précipitant ses pas ;
Apparut à leurs yeux dans le lieu du repas.
Sa femme était assise à la droite d'Eugène.
En entrant il la voit.... Il s'arrête avec peine.
Un transport le saisit : la rage est dans son cœur ;
Ses yeux sont enflammés ; il mugit de fureur :
» Et je vous trouve ici ! Perfide que vous êtes !
» Il tombera sur vous , l'affront que vous me faites. »
A ce mot , sur la table il s'empare d'un plat ,
(Il ne respecte point un meuble du Prélat !)
Et lance sur le front de sa femme tremblante ,
Le vase qui se brise et la soupe brûlante. ..
La victime , à son tour , au front de l'assassin ,
Jette un quartier du plat qui tombe sous sa main ;
Elle le blesse au nez... O vengeance funeste !
Ainsi blessé , Romain s'enfuit ; Delphine reste.

Sur sa tête épandu le bouillon écumeux

Descend sur tout son corps en sillons douloureux

Les trésors de son sein, que sa robe récèle,

Ne sont point à l'abri de la lave mortelle.

Ses cheveux abattus, comme un saule pleureur,

Retombent de son front en signe de douleur.

Les roses de son teint, les grâces de son âge,

Tout périt à la fois sous l'humide ravage.

Tel un lys, jeune éclos, au milieu d'un jardin,

Assailli sous l'effort d'un orage soudain

Et frappé coup sur coup par la grêle bruyante,

Tombe, triste débris, sous sa tige pliante.

D'un sort si malheureux, troublée avec raison,

Babet, d'un cri d'horreur, fait trembler la maison.

A ce cri de Babet, le Prélat sur sa couche

Se réveille en sursaut, se lève tout farouche.

De son trouble du jour étrange résultat,

Il croit avoir ouï la voix du Magistrat,

Et qu'au sein de la nuit, ce terrible adversaire

A, pour l'assassiner, forcé le presbytère.

» Babet, s'écria-t-il, où suis-je? à mon secours!

» Ce jour serait-il donc, le dernier de mes jours ?

» Eh quoi ! dans ma maison ne suis-je pas le maître ?

» Méchant qui me poursuis, sache que je suis prêtre.

» Crains le Ciel, crains surtout que le cri de mon sang

» Ne vienne, après ma mort, t'effrayer sur ton Banc. »

Tandis qu'il sanglotait, sa servante chérie

Accourt dans le salon, tenant une bougie ;

Et, du lit qui l'enferme entr'ouvrant les rideaux,

Rassure ses esprits et l'invite au repos.

» Que ne dormez-vous donc ? Qu'avez-vous ? lui dit-elle.

» Une vaine terreur vous trouble la cervelle.

» Essuyez votre front et restez dans vos draps :

» Ce nouveau contre-temps ne vous regarde pas.

» C'est Romain, égaré par son humeur jalouse,

» Qui vient de maltraiter sa vertueuse épouse.

» Mais dormez ; et demain, après votre lever,

» Vous saurez, assez tôt, ce qui vient d'arriver. »

Elle dit ; et, goûtant ce conseil salutaire,

Le Prélat consolé referme sa paupière.

Babet s'en félicite et s'éloigne sans bruit.

Pour cette rare fille, ô trop pénible nuit !
L'embarras d'un souper, sa vaisselle cassée,
Les frayeurs du Prélat et Delphine blessée.....
Immortelle Babet ! quand tu ne seras plus ,
Le monde alors surtout vantera tes vertus.
Rien n'échappe à ses soins : d'une douce pommade
Elle frotte le sein de la belle malade ;
L'abreuve d'un bouillon, la couche dans son lit ;
Et, la douleur cessant, Delphine s'assoupit.

Le lendemain instruit de toute l'aventure ,
Le Curé vint lui-même observer la brûlure ,
Et tint à la malade un discours paternel,
En accents qui coulaient aussi doux que le miel :
» Chère sœur, je sais tout ; au lieu d'être coupable ,
» Vous n'avez cette nuit rien fait que de louable.
» Hélas ! pourquoi faut-il que vous en souffriez ?
» Ainsi Dieu quelquefois nous veut humiliés.
» Il daignera calmer la douleur qui vous reste.
» Moi , je vais à Romain dire l'erreur funeste ;
» Et bientôt détrompé , ce malheureux époux

» Va venir à vos pieds, plus à plaindre que vous,

» Lorsque son cœur saura que, d'un saint zèle éprise,

» Sa femme n'a veillé que pour servir l'Église. »

Le bienfaisant Prélat, rempli de son dessein,

Courut tout de ce pas au logis de Romain.

Là, défenseur sacré d'une cause si belle,

Il termine d'un mot la fâcheuse querelle.

Romain, saisi d'amour, de honte et de pitié,

Accourut dans les bras de sa douce moitié;

Qui, tendrement touchée et rendue à la vie,

Se leva sur le champ et s'avoua guérie.

Babet a dit depuis, qu'elle même avait vu,

En forme de colombe, un ange descendu,

Qui, reposant son vol sur le front de Delphine,

Répandit sur sa plaie une essence divine.

Cependant le Prélat, doublement satisfait,

Pour rendre grâce au Ciel, ordonne un chapelet.

Le marguillier Rémi, fidèle à son service,

Court donner aussitôt le signal de l'office.

Du prêtre et de l'autel les partisans zélés
Sont, en un court instant, sous la nef assemblés.
Mais il faut qu'avant tout l'Église soit bénie :
Tout est donc préparé pour la cérémonie.
Le Curé revêtu de ses habits de lin,
Descend du grand autel, l'aspersoir à la main,
Et, du front d'un héros qui gagna vingt batailles,
Il marche en arrosant le peuple et les murailles.
Mais un lâche espion, le greffier Alexis,
S'est glissé dans un coin ; tel parmi les brebis
Un loup s'introduisant ferait semblant de paître.
Déjà plus d'un regard a signalé le traître.
Le Curé s'avançant, indigné de le voir,
Droit au milieu du front, lui lance l'aspersoir.
Alexis voit venir le coup qui le menace,
Il détourne la tête et, désertant sa place,
Il s'enfuit, trop heureux de n'être pas blessé.
Le fatal instrument avec force poussé,
Va sifflant sur le bord d'une longue corniche,
Et brise, en s'arrêtant, un vieux saint dans sa niche.

FIN DU CHANT TROISIÈME.

LE BANC DES OFFICIERS.

CHANT QUATRIÈME.

SOMMAIRE DU CHANT QUATRIÈME.

Le bruit se répand dans la Motte que Delphine a battu son mari. — Les jeunes gens préparent un charivari. — Historique de cet usage. — Description de celui fait dans cette occasion. — Intérêt que le Curé prend à la mystification des deux époux. — Nouvelle semonce qui lui est donnée par sa servante.

LE BANC DES OFFICIERS.

CHANT QUATRIÈME.

C'est un usage antique établi parmi nous,
Quand la noire discorde égare deux époux,
Et que, foulant aux pieds le saint nœud qui les lie,
Jusqu'à s'entrefrapper, ils poussent la folie;
Le public, attentif à ces tristes débats,
S'en établit le juge et distingue deux cas :
Le mari seulement a-t-il frappé sa femme?
C'est dans les droits de l'homme ; il est exempt de blâme.
Mais, par un fait contraire à l'humaine vertu,
Des mains de sa moitié l'époux est-il battu?
Le coup le plus léger change toute l'affaire;
C'est un délit qu'attend une peine exemplaire :
L'ascension sur l'âne et le charivari,
Pour honnir à la fois la femme et le mari.

Delphine qui savait la coutume locale,
Voulait en éviter la honte et le scandale.
Avant de se lever et pendant qu'au matin
Le généreux Prélat allait trouver Romain,
Elle fit prudemment prier ses camarades,
De taire de la nuit les tristes incartades.
Sage précaution ! chacune lui promet
De seconder son vœu, de garder le secret.
Cependant du souper, de Romain, de Delphine,
On se met à parler de voisine à voisine,
Et tout haut et tout bas ; si bien qu'en peu de temps
Le bruit en fut porté chez tous les habitans.

A la Motte, en ces jours de pénible mémoire,
Thècle, morte depuis, Thècle donnait à boire ;
Être pernicieux, moins femme que guenon,
Dont le cœur distillait un funeste poison.
Sans le grand Magistrat ; sans l'œil de la police,
Son taudis n'eût été qu'un lieu de maléfice ;
Et, trop souvent encore, en dépit de l'Argus,
On fut loin d'y donner l'exemple des vertus.

Toutefois, elle veut porter dans le village,
Un front pur où l'honneur éclate sans nuage.
Son œil, d'un air pudique, hésite pour s'ouvrir.
Un mot, s'il n'est décent, va la faire rougir.
Aux grands jours, on la voit à son devoir soumise,
Pieusement tenir sa place dans l'Église ;
Et le Curé, trompé par son art imposteur,
Sur son compte long-temps fut resté dans l'erreur,
Si, d'un regard plus fin, pénétrant le mérite,
Babet n'eût à ses yeux dévoilé l'hypocrite.
Thècle, du fond du cœur, enviait la beauté,
Les grâces et l'esprit, la charmante gaîté,
En un mot, tous les dons qui distinguaient Delphine ;
Et, pour surcroît de peine, elle était sa voisine.

Un époux assorti, Claude, c'était son nom ;
Avait uni son sort au sort de la guenon.
Après trente ans passés depuis leur mariage,
Il s'étonnait encor qu'un si parfait ouvrage
Fût de la main des dieux exprès sorti pour lui.
Heureux d'un don si rare, il se moque d'autrui ;
Aux dépens des voisins converse avec sa femme,
Dispense largement le mépris ou le blâme :

Et, plein d'un sot orgueil, il ose, geai nouveau,
Prendre place non loin des premiers du hameau.

Dans une étable obscure, au fond de sa cabane,
Claude, pour tout bétail, nourrissait un vieil âne,
Précieux animal, d'un instinct peu commun,
Travaillant comme quatre et dépensant pour un,
Qui tout fier de son bât, désireux de paraître,
Semblait participer de l'esprit de son maître.

A l'heure que Rémi sonna le chapelet,
Les jeunes gens du lieu buvaient au cabaret;
Thècle assise avec eux conversait de Delphine
Et du plat relancé par sa main féminine.

» On dit que son mari sur le nez porte empreint,
» L'honneur du coup qui l'a si dextrement atteint.
» Son sang même a coulé. Jadis, belle jeunesse,
» On eût par de longs jeux marqué cette prouesse.
» J'ai vu, pour un soufflet reçu par un mari,
» Durer neuf jours entiers un seul charivari.
» Quel vacarme au hameau pendant une semaine!
» Nous gardent les grands dieux qu'un tel dessein
          vous prenne! »

Ainsi discourait-elle ; et le fiel de son cœur

Accompagna ces mots d'un sourire moqueur.

Claude y trouva l'accent d'une âme aimante et pure.

Les jeunes villageois virent mieux l'imposture.

Thècle, de son côté, dans leurs yeux avait lu ;

Et le charivari demeura résolu.

Cependant Alexis survient dans ce lieu même.

Il a les yeux troublés et le visage blême.

Il boit un coup. Bientôt il peut, étant remis,

De sa leste aventure amuser ses amis.

Enfin il s'associe à l'œuvre qu'on médite.

Du zèle et du savoir unissant le mérite,

Sur un large papier, ce poëte malin

Fit briller son génie en ce double quatrain :

» Au peuple de la Motte aujourd'hui soit notoire

» Que Romain par sa femme hier au soir fut battu.

» Hommage à ce grand homme ! Exaltons sa vertu.

» Il a visiblement des titres à la gloire.

» Pour prix des qualités que nous lui connaissons,

» Haro sur sa culotte ! il faut qu'on l'en dépouille.

» Pour son arme d'honneur qu'il ait une quenouille,

» Moins sot, on l'aurait pris pour garder les dindons. »

Mais d'abord l'harmonie, au sein de l'assemblée,
En matière de forme, un instant fut troublée.
Les plus jeunes d'entre eux prétendaient que Romain
Devait monter sur l'âne, et non pas son voisin.
D'autres, moins turbulens, soutenaient le contraire.
Le conflit s'animait ; on allait ne rien faire,
Quand Claude, à son savoir donnant un libre cours,
S'avance au milieu d'eux et leur tient ce discours :
» Amis, la question entre vous débattue,
» Fut par nos devanciers autrefois résolue.
» Veuillez donc m'accorder de parler un instant ;
» Vous serez éclaircis sur ce point important :
» En remontant d'abord au principe des choses,
» Au temps où les effets répondaient à leurs causes,
» Nous trouvons justement que toujours les maris,
» Pour figurer sur l'âne étaient eux-mêmes pris ;
» Que, dans le même sens, quand lassé du veuvage,
» Homme ou femme, tramait un second mariage,
» Dans les charivaris on promenait le veuf.
» Alors tout marchait bien ; car le monde était neuf.
» Mais on l'a dit souvent : malheureux que nous sommes !
» Tout va dégénérant entre les mains des hommes.

» Cette règle conforme à la saine raison,

» Eut le sort de faillir par l'exécution.

» On vit les candidats manquer d'obéissance,

» Tentant de s'évader ou faisant violence:

» De là venaient des cris, des troubles, des combats

» Et surtout des lenteurs que l'ordre n'admet pas.

» On ne rencontrait plus que fâcheuses entraves.

» Il fallut un remède à des maux aussi graves !

» Que fit-on ? l'on convint que, prenant un milieu,

» L'un des voisins du veuf serait mis en son lieu.

» Pour un mari battu c'est la même pratique.

» Or donc au cas présent que la règle s'applique.

» A qui tombe le sort de suppléer Romain ?

» Cherchons dans le quartier son plus proche voisin.

» Amis, je reconnais la loi qui me condamne:

» Me voici tout dispos pour m'installer sur l'âne. »

Tel et moins généreux, Rome vit Décius,

Dans le temps si vanté des antiques vertus,

Se présenter lui-même et dévouer sa vie,

Pour appaiser les dieux et sauver sa patrie.

Cette offre raisonnée appaise les esprits.

On l'approuve ; et bientôt sur les pas d'Alexis,

La troupe se répand dans les maisons voisines,

Tous courent dévaster les sallons, les cuisines ;

Ils entrent effrontés, ils s'emparent soudain

De toute la vaisselle et de fer et d'airain.

Claude couvre son front d'une perruque énorme ;

Et de son dos voûté cache la masse informe,

Sous les pans bigarrés d'un reste de manteau.

On lit sur son derrière, en forme d'écriteau :

» C'est moi qui suis Romain, le mari de ma femme. »

Par dessus chaque oreille un ornement infame,

Méchamment arrangé par ce voisin pervers,

Comme un double rameau s'allongeait dans les airs ;

Et le fourbe, suivant la commune manière,

Monte sur son baudet, mais sens devant derrière ;

Pour bride il tient la queue ; et deux hommes devant

Guident par le licou l'animal décevant.

Dans ce fol appareil, la troupe s'achemine ;

Et voilà qu'arrivée aux portes de Delphine,

Alexis par un cri donne l'affreux signal.

Alors fut commencé le tumulte infernal :

C'est un sinistre bruit de grelots, de sonnettes,

De cors et de cornets, de rustiques musettes ;

Un cliquetis confus de divers instrumens,
D'odieuses clameurs et de longs hurlemens.
La montagne en frémit ; le lointain les repète.
On eût dit mille fous qui célébraient leur fête.

Tout à coup on se tait ; alors toussant trois fois,
Alexis prend ses vers et lit à haute voix :
» Au peuple de la Motte aujourd'hui soit notoire
» Que Romain par sa femme hier au soir fut battu.
» Hommage à ce grand homme ! Exaltons sa vertu.
» Il a visiblement des titres à la gloire.
» Pour prix des qualités que nous lui connaissons,
» Haro sur sa culotte ! il faut qu'il s'en dépouille ;
» Pour son armé d'honneur qu'il ait une quenouille.
» Moins sot , on l'aurait pris pour garder les dindons. »
Alexis ayant lu , l'âne se mit à braire ;
Et tous ceux du village , à ce cri de leur frère,
Répondent à grand bruit. Et de tous les côtés ,
On voit courir hurlant les chiens épouvantés.
Dans le même moment , le cortège bizarre ,
Reprend, plus animé, son bruyant tintamarre.
O tumulte ! ô folie ! ils vont sautant , dansant ;
Claude seul, au milieu , garde un maintien décent.

Mais en butte à la foule, on le hue, on l'outrage,
Surtout de sa coiffure on montre l'étalage ;
Et parcourant ainsi les quartiers du hameau,
Dans chaque carrefour, Alexis de nouveau
Lit ses vers ; chaque fois l'âne sans faire attendre,
Applaudit longuement aux vers qu'il vient d'entendre ;
Les chiens hurlent encor ; intrépides acteurs,
Ils joignent leurs longs cris aux humaines clameurs.
Détestable concert ! amusement barbare
Digne des sombres bords de l'antique Tartare !
Hélas ! pourquoi placé comme ses dévanciers,
Le Maire changeait-il le Banc des Officiers ?
Qu'il entende les cris de la bruyante horde,
Qu'il vienne, s'il le peut, rétablir la concorde ;
Lui qui vaut un Hercule et ses douze travaux !
Ce premier mouvement présageait bien des maux.
O Noël ! tes deux yeux, dans ce début funeste,
Prévirent la famine et la guerre et la peste.

   La nuit seule mit fin au grand charivari.
Pendant ce jour affreux, Delphine et son mari,
Au fond de leur maison, cachés sur le derrière,
Pour conjurer le Ciel, se tinrent en prière.

Le croira-t-on jamais ? ô honte des humains !

Thècle, elle-même, osa tenter ses voisins.

Elle vint leur conter, perfide mijaurée,

Le trouble et le chagrin dont elle est pénétrée.

» Ah ! c'est aussi sur moi que pèse ce malheur.

» Certainement mon Claude en mourra de douleur.

» Vous qui le connaissez ; vous savez s'il vous aime !

» Ce qu'on fait contre vous, il le prend pour lui-même. »

Thècle, en balbutiant ces mots fallacieux,

S'interrompit vingt fois pour s'essuyer les yeux.

Volontiers, à la voir, on eût dit : la belle âme !

Dieu garde de tout mal cette excellente femme !

Plus vrai dans sa douleur, le sensible Prélat

Voulut leur adresser un flacon de muscat,

Vin choisi que l'Espagne autrefois a fait naître,

Mais soit pour le plaisir de gourmander son maître,

Ou soit qu'elle préchât le bien de la maison,

Babet lui répondit par ce grave sermon :

» Quel étrange dessein vous passe dans la tête ?

» Ce vin, vous souvient-il à quel prix je l'achète ?

» Ils sont passés pour nous, ces temps jadis heureux

» Où vous pouviez sans peur vous montrer généreux.

» Les aubaines ici ne sont plus assez grandes

» Pour faire à nos voisins de pareilles offrandes,

» Le titre de Prélat à vos reins attaché,

» Ne vous laisse pas moins dépouillé d'Évêché.

» Il fallait conserver la manche épiscopale

» Pour tendre à volonté votre main libérale.

» Mais vous avez si bien conduit votre bateau,

» Que nous voilà, vieillis, débarqués au hameau;

» Où, fatal résidu d'une ancienne opulence!

» Vous conservez encor le goût de la dépense.

» Autre temps, autres mœurs : vous devez le savoir.

» Depuis quand un Curé n'a-t-il rien à prévoir?

» Ah! sans moi, vous iriez, tout Curé que vous êtes,

» Passer à l'hôpital vos derniers jours de fêtes. »

Tancé si vertement, le Prélat fut muet.

Cependant, mais plus tard, revenant à Babet,

Il parla de nouveau de l'effroyable scène,

Et Babet cette fois d'une humeur moins hautaine,

Fut d'accord avec lui que Delphine et Romain,

A sa table viendraient dîner le lendemain.

FIN DU CHANT QUATRIÈME.

LE BANC DES OFFICIERS.

CHANT CINQUIÈME.

SOMMAIRE DU CHANT CINQUIÈME.

ALPHONSE de retour dans son village, apprend que son Banc a été enlevé, brisé et jeté à la voirie.. — Son indignation. — Un autre Banc construit sur-le-champ va être porté dans l'Église. — Grande fête à ce sujet. — Triomphe du Maire. — Cruelle catastrophe qui lui survient. — Horrible combat dans l'Église même. — Le Maire demeure victorieux.

LE BANC DES OFFICIERS.

CHANT CINQUIÈME.

Déjà depuis trois jours, fier dans son presbytère,
Le Prélat jouissait d'un triomphe éphémère ;
Il croyait follement que, soumis et confus,
Le Maire, dans le chœur, ne reparaîtrait plus,
Mais il connaissait peu la vigueur de son âme
Que la guerre enhardit, que le péril enflamme.

Alphonse était absent ; il ignorait encor
Du peuple féminin l'audacieux essor ;
Au retour de l'aurore il quitta la commune,
Sans avoir su du Banc la dernière fortune.

Muse, raconte-moi quel intérêt nouveau
Avait conduit ailleurs le Maire du hameau,

Ou plutôt redis-moi les plaintes de Julie.

Julie , à son lever , fut d'abord avertie

Que le Banc n'était plus ; que ses tristes débris ,

Emportés loin du chœur ;- abreuvés de mépris ,

Comme un objet impur se voyaient dans la fange.

Déplorable succès d'une fureur étrange !

Que son amant revienne ! Elle ira , dans ses bras ,

Lui conter ce qu'on dit et ce qu'on ne dit pas.

Mais le jour a , trois fois, plongé ses feux dans l'onde ;

Une troisième nuit allait couvrir le monde ,

Et l'objet de ses vœux n'était pas de retour.

O trouble sans égal ! Julie , ivre d'amour ,

S'éloigne du hameau ; d'une course incertaine ,

Gravit sur les hauteurs , s'égare dans la plaine ;

Et , confiant aux vents et ses pleurs et ses cris ,

Redit le nom qu'elle aime aux échos attendris.

Elle tremble surtout qu'une flamme nouvelle

N'ait fait de son Alphonse un amant infidèle ;

Elle sait qu'à la ville il n'est que trop fêté.

Dans d'autres lacs , peut-être , il se trouve arrêté.

» Maintenant , disait-elle , il se peut qu'il oublie

» Les sermens de son cœur et l'amour de Julie ;

» Il se peut qu'il me juge indigne de ses soins ;

» Mais, si ce n'est pour moi, qu'il revienne du moins

» Pour venger de son Banc la cruelle infamie.

» Dieux, hâtez son retour; ô nuit, nuit ennemie,

» De tes voiles encor tu vas noircir les airs !

» O toi qui vois mes pleurs, Dieu puissant que je sers,

» A revoir mon amant faut-il que je renonce ? »

Elle dit; et l'amour a volé vers Alphonse.

Ce Dieu, souvent cruel, armé d'un trait vainqueur,

Ne vint point cette fois pour désoler son cœur;

Au Maire villageois il inspira l'envie

D'abandonner la ville et de revoir Julie.

Le jeune Magistrat se sentit dégoûté

Du vague tourbillon où roule la cité;

Il aime mieux marcher, de l'avis d'un grand homme,

Le premier au hameau, que le second dans Rome. (1)

Il revient; et Julie en voyant son ami,

Ne songe plus aux maux dont elle a tant gémi.

Les pleurs qu'elle répand, sont les pleurs de la joie.

Qui dirait les transports où son âme est en proie ?

Cependant, par un art commun chez les amans,

_____

(1) Chacun sait que ce mot est de César.

Elle déguise encor ses plus vrais sentimens,
De peur que son vainqueur, trop sûr de sa faiblesse,
De soins moins assidus ne payât sa tendresse.
Mais elle l'entretient du plus noir des complots,
Et mêle aux longs détails la douleur des sanglots :
Le fougueux Magistrat, trop jaloux de sa gloire,
Ne veut pas jusqu'au bout écouter cette histoire :
» O Julie, arrêtez ; c'en est trop ; et mon cœur
» Ne peut plus supporter un récit plein d'horreur.
» Des œuvres du Curé deviendrais-je la dupe ?
» Par tout ce qui m'est cher, par le rang que j'occupe,
» Je jure que Phébus, dans le cercle des jours,
» N'atteindra pas demain la moitié de son cours,
» Sans que d'un autre Banc couvrant la même place,
» Ma main d'un vain rival n'ait atterré l'audace.
» Et malheur à celui qui voudra désormais
» Affronter le hasard d'en détruire les ais !
» Aux lieux les plus lointains, fut-ce au fond de l'abîme,
» Moi-même je courrai le punir de son crime. »
Il dit et part ; c'était au milieu de la nuit.
Chez Bois, le menuisier, il pénètre à grand bruit,
Où toute une famille en sursaut réveillée,
D'un cri tumultueux, lui répond effrayée.

Bois reconnaît d'abord la voix du Magistrat.

Il quitte, promptement sa femme et le grabat :

Sa femme, doux trésor, qui, sachant le ménage,

Supporte, sans murmure, une nuit de veuvage.

Il appelle à grands cris ses jeunes ouvriers,

Paul et Blaise, tous deux apprentis menuisiers ;

Et tous deux réveillés d'une brusque manière,

Crurent à tant de bruit qu'on brûlait la chaumière.

Tel on dépeint Vulcain, dans l'île de Lemnos,

Au milieu de la nuit rallumant ses fourneaux,

Lorsqu'il forge pour Mars les armes de la guerre

Ou du maître des Dieux le rapide tonnerre ;

Tel et plus diligent, le sage menuisier

Ranime, avant le jour, son bruyant atelier.

On met sur l'établi le sapin, le mélèze.

A grands coups de maillets, l'un creuse une mortaise;

L'autre, d'un bras nerveux, fait mouvoir les rabots ;

Et le bois le plus dur se détache en copeaux.

Le Magistrat lui-même, attentif à l'ouvrage,

Du Banc qui n'est pas fait se figure une image ;

Et, plus souvent encore, il songe avec orgueil

Qu'il prépare au Prélat le sujet d'un long deuil ;
Son grand cœur ulcéré jouit ainsi d'avance.
Du funeste plaisir que donne la vengeance.

De ses premiers rayons, l'astre brillant du jour
Commençait à dorer les coteaux d'alentour.
Le garde communal, au son de la trompette,
Fait savoir au public qu'un Banc nouveau s'apprête,
Qui, sortant au plutôt des mains du menuisier,
S'en ira, dans le chœur, remplacer le premier.
Les éclats redoublés de l'airain trop sonore
Réveillent le Prélat qui sommeillait encore.
Ce bruit porte en son âme une juste frayeur,
Son corps est imbibé d'une froide sueur.
Il se lève ; et bientôt, accourus presqu'ensemble,
Ses fidèles amis que la crainte rassemble,
Viennent, auprès de lui, veiller sur son destin.
Le Curé devant eux affecte un air serein,
Leur parle ; et de sa voix l'influence suprême
Leur inspire un espoir qu'il n'avait pas lui-même.
Enfin ; pour traverser les vœux de son rival
Et défendre à tout prix le Confessionnal,

Le Prélat et les siens vont dans la sacristie
Épier le moment d'une heureuse sortie.

Le Maire cependant, avant midi sonné,
Au gré de son désir, voit le Banc terminé ;
Il veut que, sans retard, on le porte à l'Église.
Il y grave lui-même, en forme de devise :
» Mortel, qui que tu sois, apprends à respecter
» Ce Banc que, dans le chœur, Alphonse a fait porter. »

Alors tenant conseil les partisans du Maire
Arrêtent que le Banc qu'attend le sanctuaire,
Par six hommes porté, parcourra le hameau ;
Que le Maire lui-même, honorable fardeau,
Exhaussé sur le siége où chacun le contemple,
Sur ce char de triomphe entrera dans le temple.

Alphonse à tant d'honneur se refuse d'abord.
Enfin avec les siens il demeure d'accord.
Il s'assied ! et soudain six vigoureux athlètes,
Vétus d'un habit court, ornés de bandelettes,
Viennent et sur leurs bras exhaussent le brancard.

Le Maire, autour de lui, promène un long regard ;
Et le peuple assemblé, jusqu'au bout de la rue,
De crainte et de respect se prosterne à sa vue.

Un peloton joyeux de filles, de garçons,
Favoris de l'amour, bergers des environs,
Sont venus embellir la plus belle des fêtes.
Fiers de tous les rubans qui flottent sur leurs têtes,
Ils marchent les premiers, et, sur le chalumeau,
Redisent les vieux airs qui plaisent au hameau.
On voit après le Banc, à travers le village,
Un ramas d'inconnus, des enfans de tout âge,
Qui suivent en désordre, et, par des cris nombreux,
Honorent le convoi qui marche devant eux.
Les dix municipaux, trois devant, sept derrière,
Escortent de plus près la pésante litière ;
Tandis qu'au dessus d'eux, l'heureux Maire au milieu
S'élève comme un cèdre ou tel qu'un demi-Dieu.

Julie, en le voyant passer sous sa fenêtre,
S'écrie avec transport : » Voilà notre vrai maître.
» Peuple, rendez honneur au plus beau des humains ! »

À ces mots elle prend des fleurs à pleines mains,
Jasmin, roses, muguet, lilas et primevère;
Et par touffes les lance au front du jeune Maire.
Alphonse, en souriant, l'honore d'un coup d'œil:
Doux tribut que l'amour fait payer à l'orgueil.

Enfin le beau cortége arrive dans le temple.
Écoutez, grands du monde, et méditez l'exemple :
Alphonse dans le chœur veut se faire porter;
Mais contre un vieux pilier le Banc vint à heurter;
La moitié des porteurs repoussés en arrière,
Chancelle sous le faix; ils glissent sur la pierre
Et lâchent tout-à-coup les supports du brancard.
O désastre fatal ! Alphonse, l'œil hagard,
Victime des honneurs dont ce grand jour le berce,
Se débat dans le vide et tombe à la renverse.
Il pousse un cri d'effroi dont mugit le plafond;
Et, frappé d'un grand coup, le pavé lui répond.

A l'instant son rival ouvre la sacristie,
Et fond sans hésiter sur la troupe ennemie.
Une rare fureur animait le Prélat;

6

Il donne le premier le signal du combat.
Par un rude soufflet il couvre le visage
Du piteux menuisier qu'il rencontre au passage.
De la chute du Maire encor tout occupé,
Bois tombe sans savoir quelle main l'a frappé.
Le marguillier ardent pour l'honneur de son maître,
Parmi les plus hardis se hâte de paraître.
Il marche sur le garde et lui meurtrit les reins
D'un grand coup de balai qu'il assène à deux mains.
Le garde, pour répondre à l'agresseur farouche,
Tourne sa tête altière, ouvre sa grande bouche;
Mais le bois ennemi s'y plonge en même temps,
Fait avorter sa voix et lui brise trois dents.
Le Maire n'a pas eu le temps de se remettre;
Aucun autre n'osait lutter avec le Prêtre.
Le brave Marcellin, en ce jour de malheur,
Sentit s'évanouir son antique valeur.
A l'ombre d'un pilier, blotti comme une femme,
Il tachait d'appaiser le trouble de son âme;
Le Curé qui le voit, par un subit élan,
Fait le tour du pilier, surprend le vétéran,
Et de deux coups de pied l'atteignant au derrière,
Le vainqueur des héros a baisé la poussière.

Ce début enhardit les amis du Prélat ;
Les plus lâches alors s'élancent au combat ;
Tous brûlent du désir de signaler leur zèle.
Les coups portés par eux pleuvent comme la grêle.
Le Maire et ses fauteurs, vivement repoussés,
Les uns transis de crainte et les autres blessés,
Reculent en désordre et, tremblante cohorte,
Pour sortir à la fois se pressent à la porte ;
Tandis que le Curé, par des coups meurtriers,
Et des pieds et des mains assaillit les derniers ;
Bientôt un plein succès couronnant son audace,
D'une main triomphante il leur ferme la place.
Mais de sa chute Alphonse à peine est-il remis,
Qu'il revient sur ses pas, marche à ses ennemis.
O réveil du lion ! Rapides aventures !
De la porte ébranlée il brise les serrures ;
Vainement trente bras réunis en dedans,
Par un commun effort soutiennent les battans ;
Ils s'ouvrent ; et soudain, sous la voûte sacrée,
S'avance furieux cet autre Briarée :
Alphonse seul devient l'arbitre des combats.

Tout tombe, autour de lui, sous les coups de son bras,

Tel Samson, saisissant une ignoble machoire,

Seul défit une armée et chanta sa victoire. (1)

Tout fuit : telle la feuille au retour de l'hiver,

Se détache des bois, vole éparse dans l'air.

Le Prélat à son tour trahi par la fortune,

S'éloigne du péril, s'enfuit à la tribune.

Mais là craignant encore, et pour mieux se cacher,

Avec le marguillier il se hisse au clocher,

Tandis que tous les siens, dans les champs, dans les rues,

S'enfuyaient au hasard par bandes éperdues.

---

(1) . . . . *Mandibulam asini, quæ jaciebat, arripiens,
interfecit in eá mille viros et ait : in maxillá asini, in mandibulá
pulli asinarum, delevi eos et percussi mille viros.*

Cumque hæc verba canens complesset, etc.

C'est-à-dire, qu'après avoir tué mille Philistins, il chanta
réellement sa victoire. Liv. des juges. Ch. XV.

FIN DU CHANT CINQUIÈME.

LE BANC DES OFFICIERS.

CHANT SIXIÈME.

SOMMAIRE DU CHANT SIXIÈME.

Le Curé pour se venger publie une espèce de bulle d'excommunication. — Grand désordre dans la Motte. — Le jour de la fête patronale arrive. — Les jeunes gens divisés en deux partis. — Bataille sanglante entr'eux. — Le Maire interpose son autorité. — Les combattans se séparent. — Outrage à l'honneur du village. — Consternation générale. — Intervention du Préfet du département. — Il met fin à la querelle.

LE BANC DES OFFICIERS.

CHANT SIXIÈME.

Tandis que le vainqueur triomphant dans l'Église,
Plaçait son nouveau Banc orné d'une devise,
Le Prélat, du clocher entendit quelques mots
Des discours insolens que tenaient ses rivaux ;
Et par là son esprit appréciant le reste,
Sa colère en devint plus juste et plus funeste.
Une rougeur sinistre éclata sur son front ;
Alors plus que jamais il ressentit l'affront
Et résolut de faire un mémorable exemple.
Quand la nuit fut venue, il rentra dans le temple
Et, bientôt sur l'autel épuisant son pouvoir,
Il traça ce décret, enfant du désespoir :

» JEAN, Curé de la Motte, au peuple catholique,

» Salut : Nous proclamons sacrilége, hérétique,

» Apostat, ennemi de l'Église et de Dieu,

» Alphonse, soi-disant le Maire de ce lieu.

» Avec lui sont compris au présent anathême,

» Son conseil, ses fauteurs et tous les Chrétiens même

» Qui sans participer au crime de sa main,

» N'ont pas sincèrement gémi de son dessein.

» Les temps sont accomplis : que le méchant s'effraie.

» Le Ciel va séparer le froment de l'ivraie.

» O vous, sages brebis qui craignez le danger,

» Veillez et serrez-vous sur les pas du berger ! »

Confiée à Rémi, la virulente bulle,

Dans ce lieu malheureux, de main en main circule.

On la lit, on l'explique ; et bien des cœurs alors

Se sentent agités de crainte ou de remords.

Delà naquit enfin une guerre intestine

Qui pensa de la Motte entraîner la ruine.

O mortel bienfaisant ! qui, par d'heureux avis,

Parvins à rétablir le calme en ce pays,

Seconde mon effort : qu'une esquisse tracée

Des malheurs dont la Motte occupa ta pensée,

En grave dans les cœurs un profond souvenir,

Et qu'ils soient la leçon des siècles à venir.

O Muse ! pour chanter cette guerre cruelle,

Imprime à mes accens une force nouvelle !

La Motte se partage entre les deux rivaux.

Le parti du Prélat est celui des dévots.

Des hommes trop ardens, presque toutes les femmes

Vont la bulle à la main, endoctrinant les âmes.

Sur un point tout nouveau s'assurant de voir clair,

Disposent hautement du ciel et de l'enfer,

Et loin du droit chemin poussés par un faux zèle,

De l'affaire d'autrui font leur propre querelle.

Qui peut du cœur humain dompter la passion,

Quand il croit obéir à la religion ?

O discorde ! ô douleur ! on se hait, on s'outrage.

Le plus vaste incendie eût fait moins de ravage.

Les voisins, les parens, les plus anciens amis,

Pensant diversement, deviennent ennemis.

Dans le désir du bien, les femmes les plus sages

Tourmentent leurs maris ou quittent leurs ménages.

Julie aussi, Julie ébranlée à son tour,

S'efforce de haïr l'objet de son amour.

Ce nom trop odieux de relaps, d'hérétique,

Blesse profondément son âme catholique ;

L'amour lui montre Alphonse, hélas ! et son devoir

A l'amour opposé, lui défend de le voir.

D'une égale fureur, les partisans du Maire

Font tomber mille affronts sur le parti contraire.

La plupart, esprits forts, chrétiens peu délicats,

Frondent ouvertement l'Église et les Prélats ;

Et de tous leurs discours l'impiété fatale

Ne tend qu'à propager le trouble et le scandale.

Non qu'Alphonse lui-même approuvât ces fureurs ;

La haine des partis n'entre point aux grands cœurs.

Surpris et mécontent de l'horrible tumulte,

Pour rétablir la paix souvent il se consulte ;

Mais toujours il croit trop que l'honneur et son rang

Ne lui permettent plus de déplacer le Banc.

Cependant le Prélat, auteur de l'anathême,

Des progrès du désordre est satisfait lui-même.

Raffermi dans son plan, par un édit nouveau,

Des offices divins il priva le hameau ;

Il croyait qu'à ce coup avouant sa défaite ,

Le Maire devant lui viendrait courber la tête.

Vain calcul ! Trop d'orgueil fut placé dans son sein ;

Et plus terrible encor, l'immuable destin

N'avait marqué le temps de la paix générale

Qu'après tous les malheurs d'une époque fatale.

La Motte a son patron qu'on fête tous les ans.

Le jour de ce grand saint , on fête en même-temps

Et le Dieu de l'amour et le Dieu de la treille.

Les jeunes gens du lieu réunis dès la veille ,

Nomment entr'eux un chef , dont le pouvoir nouveau

Préside en ce beau jour aux plaisirs du hameau.

L'*Abbé* , tel est son nom , est l'égal des monarques.

De sa place suprême il prend les nobles marques :

C'est un bâton garni de touffes de rubans

Que les filles du lieu donnent à leurs amans.

D'autres rubans noués de diverses manières ,

De son vêtement court ornent les boutonnières ;

Et nul n'a comme lui les cheveux annelés.

Tous ses contemporains sous sa loi rassemblés ,

Au lever de l'aurore , apportent, non sans peine ;

Un long sapin coupé dans la forêt prochaine.

On le plante au village ; et la troupe, au front gai,

Commence de bonne heure à danser sous le maï.

(Jadis c'était toujours au son de la musette.)

De tous les lieux voisins on arrive à la fête :

Sous l'habit villageois là brillent des beautés

Telles qu'on n'en voit point au milieu des cités.

Aidé de tous les dons que leur fit la nature,

L'art sait à peu de frais embellir leur parure.

Qui peut décrire en vers la fraîcheur de leur tein,

Leur regard enchanteur, leur sourire divin ;

Et leurs amans, ravis de les trouver si belles,

S'enivrant du bonheur de danser avec elles ?

L'abbé, toujours armé de son sceptre puissant,

Marche au milieu du bal d'un pas noble et décent.

Nul ne doit s'y montrer sans parler au grand maître

Qui seul peut expulser comme il peut seul admettre.

Chatouilleux sur l'honneur, redresseur des abus,

Il a le bras d'Hercule et les cent yeux d'Argus.

Environné des siens et sûr de leur vaillance,

Il appelle au combat le premier qui l'offense.

Ainsi ce jour charmant, au plaisir destiné,

Par l'horrible discorde est souvent profané.

Hélas! il le fut trop, dans ces temps de colère

Où le destin brouillait le Prélat et le Maire. (1)

Au matin de la fête, en deux partis rangés,

On vit les jeunes gens tristement partagés.

Ils avaient deux abbés; et deux mais au village,

Apportèrent d'abord un funeste présage.

Dans la même prairie, au son des chalumeaux,

Ils formèrent deux bals l'un de l'autre rivaux.

Alexis était chef dans le parti du Maire.

Eugène commandait dans le parti contraire.

Et tous deux enivrés de jeunesse et d'orgueil,

Sans prononcer un mot, se mesurent de l'œil.

La gaîté cette fois n'animait point la danse.

Les deux bals de la paix n'avaient que l'apparence.

---

(1) Les fêtes patronales des villages du Champsaur sont célèbres dans les Hautes-Alpes, par l'affluence des personnes qui s'y rassemblent, et par les rixes sanglantes qu'elles amènent trop souvent. En traçant le tableau des combats de la Motte, l'auteur n'a fait que décrire ce qu'il a vu plusieurs fois en d'autres lieux.

Alexis le premier, sur un ton peu discret,
Fait dans ses rangs, dit-on, chanter un vieux couplet ;
Où lui même changeant les mots et la mesure ,
Mêle au nom du Prélat l'ironie et l'injure.
Mais Eugéne l'entend . . . . Indigné de l'affront ,
Il fond sur son rival ; un éclair est moins prompt.
O douleur ! Du gros bout d'un rondin de platane,
Il l'atteint sur le front , lui fait sauter le crâne.
Alexis assommé recule de trois pas
Et tombe en marmottant des mots qu'on n'entend pas.

Eugène d'une pierre obliquement lancée ,
A, dans le même instant , la bouche fracassée.
Mais le mal qu'il éprouve augmente sa fureur :
Plus terrible, son bras répand plus de terreur ;
Lorqu'un autre ennemi, lui visant à l'oreille,
L'étend sur le carreau d'un grand coup de bouteille.

Les deux chefs sont tombés. Le démon des combats
Appelle la vengeance et précéde ses pas.
Que de sang va couler sur la terre natale !

Les deux partis sont mus d'une fureur égale.
De pierres, de bâtons tous s'arment au hasard.
Soudain les coups pressés tombent de toute part.
Le lieu des bals n'est plus qu'une sanglante arêne.
Parmi des cris de rage, on se pousse, on se traîne;
Les uns pris au collet, les autres aux cheveux;
C'est un torrent qui roule à flots tumultueux.

Pour comble de malheur, le peuple du village,
Hommes, femmes, enfans, accourent sur la plage;
Ils poussent d'autres cris, ils frappent d'autres coups.
Les combattans égaux de force et de courroux,
Tantôt victorieux, tantôt foulés par terre,
Offrent l'affreux tableau des fureurs de la guerre.
Et le soleil témoin de leur acharnement,
Du sort des deux partis s'effraie également.
Tels les soldats d'Hector et les soldats d'Achille,
Dans la plaine de Troie en combats si fertile,
Se ruaient l'un sur l'autre; et, lions furieux,
Les coups qu'ils se portaient épouvantaient les Dieux.

Maudits soient les auteurs de l'horrible querelle!
O la Motte! autrefois, pleins d'une ardeur plus belle,

Tes valeureux enfans, tous sages, tous unis ,
Combattaient seulement contre leurs ennemis ;
Dans les fêtes d'autrui faisaient mille prouesses ,
Aux plus vaillans rivaux disputaient leurs maîtresses ;
Et même dans leurs bals commandaient quelquefois.
Puis , au hameau tout fier de ces brillants exploits ,
Après trente ans encor, la veillée avec gloire,
Durant le long hiver , racontait leur histoire.

Vertige déplorable ! En ce jour malheureux ,
Follement divisés , ils s'assomment entre eux.

Les deux ménétriers , au milieu du tumulte ,
Eux-mêmes ne sont pas à l'abri de l'insulte.
L'un était un Linus dont le rare cerveau
Possédait tous les airs que l'on chante au hameau ,
Et qui , l'été sur l'herbe et l'hiver dans l'étable ,
Joua toute sa vie et mourut misérable.
Ce grand homme blessé tomba; son violon
Fut foulé sous les pieds, et par un dernier son ,
Il parut exprimer, alors qu'il cessait d'être,
Sa triste destinée et celle de son maître.

On dit que les rochers en restèrent émus.

Divin Orphée ! ainsi, lorsque tu n'étais plus ,

On entendait les sons de ta lyre célèbre

Qui résonnait encor roulée au sein de l'Hèbre.

L'autre ménétrier, plus jeune et plus heureux ,

Sauve son instrument , fuit du lieu périlleux ;

Et , maudissant la Motte et les bals et leur rage ,

Il se réfugia dans le four du village.

Mais où s'arrêtera ce désordre inhumain?

Au feu de ce volcan qui coupera chemin ?

C'est en vain que l'adjoint , du haut d'une éminence ,

Frappait l'air de ses cris , conjurait leur démence ;

Ses sanglots s'exhalaient par le vent emportés.

Enfin le Maire accourt à pas précipités ;

Et , tenant d'une main son écharpe flottante ,

Il se jette au milieu de la troupe sanglante ;

Là , l'œil étincelant d'un dépit généreux ,

Il s'écrie avec force : » Arrêtez , malheureux ;

» Que prétendez-vous faire ? A quoi tend cette rage ?

» Ainsi vous célébrez la fête du village ?

                              7

» Et j'en serais témoin ! ! ! Cruels, séparéz-vous ;
» Hâtez-vous d'obéir ; je le commande à tous.
Il dit : Les combattans, au fort de la colère,
Reconnurent pourtant l'autorité du Maire.
Au son des premiers mots qu'Alphonse prononça,
La fureur s'amortit, la bataille cessa.

Cependant qué voit-on dans ce lieu formidable ?
Des hommes teints de sang, étendus sur le sable ;
Les uns pour se lever faisant de vains efforts ;
Les autres sans bouger, renversés comme morts ;
Ceux-là qui s'éloignaient dans un morne silence ;
Ceux-ci par de longs cris invoquant la vengeance ;
Partout le sol jonché de coiffes, de chapeaux,
De bâtons, de cailloux et d'habits en lambeaux.

Pour rendre du hameau la honte plus complète,
Un ramas d'étrangers venus à cette fête,
D'un combat si cruel spectateurs dangereux,
Dans le moment fatal, se concertent entr'eux.
On les voit à l'écart assembler leurs comices.
Ils conspirent. Bientôt à de trop clairs indices,

Tout le monde apperçoit leur funeste dessein.

Ils vont sur les deux mais tenter un coup de main.

Le démon de l'injure à cette audace extrême,

Du feu de ses regards les excitait lui-même.

Le trouble est d'un côté, de l'autre l'à-propos.

Trouvés sans défenseurs, ces deux arbres jumeaux

Sont frappés sans merci. Bientôt leur front superbe

Descend du haut des airs, humilié dans l'herbe.

Ils tombent. On les traîne ; insolemment joyeux

L'ennemi se répand en cris injurieux ;

Chacun d'eux, sans mesure, insulte à la défaite

De ce lieu malheureux ; puis fiers de leur conquête,

Ils partent, emportant, sur ce double fardeau,

Les rubans, les festons et l'honneur du hameau. (1)

Hélas ! la Motte, en butte à ce sanglant outrage,

N'a, pour le repousser, ni force ni courage.

Tout peuple divisé (c'est un arrêt certain)

Doit ainsi dans l'opprobre achever son destin.

---

(1) Selon les idées du pays, l'enlèvement du mai et des instrumens de musique, est le plus grand déshonneur qu'un village puisse recevoir le jour de sa fête.

Oh ! qu'il avait raison, ce vieillard vénérable

Dont le nom est cité quelque part dans la fable,

Qui voulut, étant près de descendre au tombeau,

Donner à ses enfans la leçon du faisceau ! (1)

La renommée au loin dans toute la contrée,

Publiait les malheurs où la Motte est livrée.

Sur ses ailes porté, le bruit en vient enfin

Au premier magistrat du pays Alpéen.

Également ami du Prélat et du Maire,

Ce Préfet révéré que la sagesse éclaire,

Sourit de temps en temps et plus souvent gémit

Des funestes effets du bizarre conflit.

---

(1) L'auteur, comme pour justifier l'épigraphe qu'il a choisie, a fait entrer dans son Poëme un certain nombre de citations tirées soit de la fable, soit de l'histoire sacrée ou profane. Il a espéré que les jeunes gens en prendront occasion pour consulter les textes, c'est-à-dire, pour s'instruire, et qu'ils tireront ainsi quelque utilité de la lecture de ce livre, dont le fond est pourtant si futile.

Il accourt à la Motte; et sa voix paternelle

Reproche aux deux rivaux leur faute mutuelle.

Et tous les deux confus, à ses ordres soumis ,

S'embrassent sous ses yeux , se retrouvent amis.

Lui-même assigne au Banc sa place dans l'Église ;

En un lieu distingué l'arche sainte est remise.

L'anathème se lève ; et le peuple du lieu ,

Par des hymnes sacrés , en rend grâces à Dieu.

FIN DU SIXIÈME ET DERNIER CHANT.

www.ingramcontent.com/pod-product-compliance
Lightning Source LLC
Chambersburg PA
CBHW060846250626

47162CB00005B/2170